Frank Alvarado Madrigal

Las increíbles aventuras
de la ranita Ribet Ribet

*The Incredible Adventures of
Ribbit Ribbit, the Little Frog*

(A BILINGUAL STORYBOOK)

Ilustrado por Alicia Núñez

Illustrated by Alicia Núñez

Order this book online at www.trafford.com
or email orders@trafford.com

Most Trafford titles are also available at major online book retailers.

Printed in the United States of America.

ISBN: 978-1-4269-4607-3 (sc)

Library of Congress Control Number: 2010915622

Trafford rev. 12/03/2010

North America & international
toll-free: 1 888 232 4444 (USA & Canada)
phone: 250 383 6864 ◆ fax: 812 355 4082

A HAZEL CON AMOR

TO HAZEL WITH LOVE

Saltaba feliz una ranita algo pequeñita pero muy bonita. Todos la conocían como Ribet Ribet. Después de saltar, se iba a descansar. En una hojita se ponía a cantar bellas melodías que en la escuela, por el día ella aprendía. Cantando estaba cuando vio que en el río, una mariposita se cayó y sus alitas se mojó. Ella trató de volar y al ver que no podía se puso a llorar.

¿Cómo se llamaba la ranita?

¿Por qué lloraba la mariposita?

A little frog named Ribbit Ribbit was hopping. After a while, she went to rest on top of a leaf and sang all the beautiful songs learned in school. Ribbit Ribbit was singing when she saw a little butterfly falling down in the river. The little butterfly could not fly away because her wings were wet; and then, she began to cry.

What was the little frog's name?

Who was crying?

Ribet Ribet de la hojita hacia el agua se lanzó y muy rapidito hacia la mariposita ella nadó. De las antenitas la sujetó y del río la sacó. Sobre una roca la subió y con respiración artificial, de boquita a boquita, a la mariposita ese día la salvó.

¿Para qué se lanzó al agua la ranita?

¿Qué hizo la ranita para salvar a la mariposita?

Ribbit Ribbit hopped into the river, grabbed the little butterfly by its antennae, and picked her out from the water. The little frog tenderly placed the butterfly on top of a rock, applied mouth to mouth breathing, and finally, the little butterfly survived.

Why did Ribbit Ribbit jump into the river?

How did Ribbit Ribbit save the butterfly?

El sol miró lo que pasó y queriendo ayudar, tibios rayos lanzó, secando así, las alitas de la mariposita. Pronto ella se recuperó, a la ranita agradeció por salvar su vida y devolverle la alegría.

¿Cómo ayudó el sol a la mariposita?

¿Por qué estaba alegre la mariposita?

The sun was watching everything and warmly embraced the little butterfly. The little butterfly felt better after her wings dried, and she thanked the little frog for saving her life.

How did the sun help?

Why did the little butterfly feel better?

7

La mariposita nuevamente voló y del río se alejó mientras que la ranita saltando, de piedra en piedra, la orilla alcanzó. Ribet Ribet muy contenta, de un gran salto, en una gris piedrita, se sentó y cantando alegremente, dormidita se quedó.

¿Quién saltó de piedra en piedra?

¿Quién se quedó dormidita?

The little butterfly flew away. Ribbit Ribbit began hopping from one rock to another until she finally reached the edge of the river. She hopped onto a gray rock and sang until she fell asleep.

Who jumped from one rock to another?

Who fell asleep?

Ribet Ribet se puso a soñar que tenía alitas como la mariposita que acaba de salvar. En su sueño la linda ranita comenzó a viajar y fantásticos lugares llegó a visitar. De todos los sitios que en su sueño visitó, hubo uno que llamó su atención, era un lindo bosque situado cerca del mar a la orilla de un palmar.

¿Qué soñó Ribet Ribet?

¿Qué lugar llamó la atención de la ranita?

Ribbit Ribbit had a dream. She dreamed having wings just like the butterfly she had saved. In her dream, she traveled to fantastic places. One of the places that attracted her attention was a forest full of palm trees located next to a blue ocean.

What did Ribbit Ribbit dream about?

What place did attract her attention?

Ribet Ribet viajó por Nueva York pero a las torres gemelas ya no vio. Viajó por Francia, cuna de la elegancia, donde encontró la gran esperanza de poner punto final al calentamiento global. En América del Sur miró a todos sus líderes por fin unidos y estrechando manos, haciendo así realidad el sueño bolivariano.

¿En qué lugar encontró una gran esperanza?

¿Por qué se unieron los líderes suramericanos?

Ribbit Ribbit traveled to New York, but she did not see the Twin Towers. She went to France, the land of the elegance, and there, she found a hope to put an end to the global warming. Ribbit Ribbit flew to South America where she watched their leaders finally united and shaking their hands as an agreement to make Bolivar's Dream a reality.

Where did she find a hope to put an end to the global warming?

Why were the leaders from South America united?

Su viaje continuó y muy feliz la ranita se sintió. Por el Caribe se paseó y al Pitirre, en Borinquén, trinando patrióticas canciones, lo halló. A la tierra de Martí, Ribet Ribet, entre mares desbloqueados, desde arriba la observó y a su bella gente contenta la encontró.

¿Qué cantaba Pitirre?

¿Qué tierra vio entre mares desbloqueados?

Ribbit Ribbit continued traveling around some pretty places. The little frog went to the Caribbean Islands. She visited Borinquén where she saw her friend Pitirre singing patriotic songs. She also visited Marti's Land and found its population happily living between unblocked blue and peaceful seas.

What kind of songs was Pitirre singing?

What land was between unblocked seas?

15

Sobre la linda tierra de Gabo, un aire de paz, la ranita respiró. A Tiquicia visitó pero a su amiga Camila, la perra, en la iglesia de Tibás, ya no encontró. A la hermosa tierra del gran poeta, Rubén Darío, visitó. Con su líder de la izquierda compartió y mucho éxito a todos les deseó.

¿A quién no encontró en Tibás la ranita Ribet Ribet?

¿Con quién compartió Ribet Ribet?

Ribbit Ribbit flew over a clean and peaceful environment at Gabo's Land. The little frog also went to visit her nice friend, Camila, at a church in Tibás, but was not there anymore. She visited Ruben Darío's Land and share her ideas with his leftist leader and wished him the best.

What did she find at Gabo's Land?

Did she find her friend at a church in Tibás?

En tierra de mariachis, con un famoso líder político de la izquierda conversó. Allí, en su capital, atenta escuchó el fuerte clamor de los tambores que presagiaban un positivo cambio igual al de otras naciones. Una fuerte, amenazadora y fría brisa proveniente del norte, en el bosque apareció. Ribet Ribet de la gris piedrita se cayó y así, de su bello sueño, despertó.

¿Qué escuchó Ribet Ribet en tierra de mariachis?

¿De dónde provenía la brisa que despertó a Ribet Ribet?

Ribbit Ribbit shared ideas with a political leader from the left in the Mariachi's Land. In its capital, the little frog listened to its sad people who were crying out for political changes. A cold breeze from the north filled the air at the green forest making the little frog wake up from its beautiful dream.

What did Ribbit Ribbit listen to?

Where was the cold breeze coming from?

Esa tarde Ribet Ribet pensó y pensó sobre ese sueño que a su cabecita ese día le llegó, sin saber que, algo bonito le iba a suceder. Pensando estaba cuando de repente la mariposita, que del río había salvado, sobre una ramita se posó y a la ranita a pasear por el mundo de inmediato invitó.

¿Quién invitó a Ribet Ribet a pasear por el mundo?

Ribbit Ribbit thought about her dream. She had the feelings that something beautiful was about to happen. All of a sudden, she saw the little butterfly she had saved. The happy butterfly invited Ribbit Ribbit for a ride around the word.

Who invited Ribbit Ribbit to travel around the world?

Ni lenta ni perezosa sobre la espaldita de la mariposita rapidita se montó y en cada nación con su líder compartió. Cuando su viaje acabó y por fin a su bosque regresó; sus amistades con ansias la esperaban.

¿Cómo viajó la ranita?

Ribbit Ribbit climbed up on top of the little butterfly's back and shared with all the political leaders of all the wonderful places she had dreamed. When she got back to her habitat, all her friends were anxiously waiting for her.

How did Ribbit Ribbit travel?

Sus increíbles aventuras a sus amigos les narró y de su maletita lo siguiente desempacó: Un océano de ilusiones con el dulce murmullo de algunas muy bellas canciones: Alma llanera y La Borinqueña fueron dos de ellas; una combinación de mestizaje, lava y coraje.

¿Cuáles fueron dos de las canciones que desempacó la ranita Ribet Ribet?

Ribbit Ribbit narrated her incredible stories. She unpacked from her luggage the following things: An ocean of dreams with the sound of beautiful songs such as, Alma Llanera and La Borinqueña: A combination of mestizo, lava, and courage.

What were the two songs that Ribbit Ribbit unpacked from her luggage?

Un asado suramericano, nacatamales, congrí y pozole con sabor a samba, salsa, merengue y cumbia simbolizaban así, la alianza del grandioso continente latinoamericano para alcanzar, por fin, el sueño bolivariano.

¿Qué continente quería alcanzar el sueño bolivariano?

26

A combination of South American roast beef with white rice and black beans, a pozole soup, and a tamale with a flavor of Samba, Salsa, Merengue, and Cumbia symbolized the great alliance of all the Latin American Countries in order to make Bolivar's Dream come true.

What were some of the dishes that symbolized the alliance of the Latin American countries?

Libros escritos por el autor

Cuento

Las increíbles aventuras del pollito Pío Pío
Las increíbles aventuras de la gallinita Kló Kló
Las increíbles aventuras del gallito Kikirikí
Las increíbles aventuras del patito Kuak Kuak
Las increíbles aventuras del cochinito Oink Oink
Las increíbles aventuras de la gatita Miau Miau
Las increíbles aventuras del perrito Guao Guao
Las increíbles aventuras de la chivita Beé Beé
Las increíbles aventuras de la vaquita Muú Muú
Las increíbles aventuras del borreguito Eeé Eeé
Las increíbles aventuras del becerrito Meé Meé
Las increíbles aventuras del sapito Kroak Kroak
Las increíbles aventuras de la ranita Ribet Ribet
Las increíbles aventuras del Coquí
Las increíbles aventuras de Pancho

Poesía

Simplemente tú y yo
Secretos
Añoranza
Ensueño (Antología poética)

Drama

Pitirre no quiere hablar inglés

Books written by the author

Short story *(Bilingual Spanish/English)*

The Incredible Adventures of Cock-A-Doodle-Doo, the Little Rooster
The Incredible Adventures of Baaa Baaa, the Little Lamb
The Incredible Adventures of Pew Pew, the Little Chicken
The Incredible Adventures of Kluck Kluck, the Little Hen
The Incredible Adventures of Kuack Kuack, the Little Duck
The Incredible Adventures of Oink Oink, the Little Pig
The Incredible Adventures of Bow Wow, the Little Dog
The Incredible Adventures of Baa Baa, the Little Goat
The incredible Adventures of Meow Meow, the Little Cat
The Incredible Adventures of Moo Moo, the Little Cow
The Incredible Adventures of Maa Maa, the Little Calf
The Incredible Adventures of Ribbit Ribbit, the Little Frog
The Incredible Adventures of Kroak Kroak, the Little Toad
The Incredible Adventures of Coquí
The Incredible Adventures of Pancho

Poetry *(Spanish)*

Simplemente tú y yo
Secretos
Añoranza
Ensueño (Antología poética)

Drama

PITIRRE DOES NOT WANT TO SPEAK ENGLISH

www.ingramcontent.com/pod-product-compliance
Lightning Source LLC
Chambersburg PA
CBHW041542240626
47164CB00002B/103

9 781426 946073